Für meine Kinder Tobias, Nina und Florentina, sowie für alle Kinder, die die Hoffnung auf den Frieden nicht aufgegeben haben.

Flobini
Verlag

Das Band der Hoffung

Text und Idee: Martina Jaritz
Illustration: Darline Waschat

Ich erzähle dir hier die Geschichte von Mila, einem Mädchen, das wegen des Krieges ihren Vater und ihre Heimat zurücklassen musste und sich gemeinsam mit ihrer Mama auf eine lange Reise von Kiew nach Wien machte.

Mila war 5 Jahre alt und lebte gemeinsam mit ihrer Mama Natascha und ihrem Vater Aleks in einem kleinen Haus, nahe der ukrainischen Hauptstadt Kiew.
Mila ging in den Kindergarten und hatte viele Freunde. Nachmittags trafen sie sich oft bei Mila im Garten und spielten gemeinsam Ball, schaukelten oder spielten Fangen.
Im Sommer machte sie gerne mit ihrer Puppe Ana ein Picknick im Garten und genoss die Sonne.
Mila war in ihrer Heimat sehr glücklich! Warum sollte sich das jetzt auch ändern?

Es war der 24. Februar 2022, als Mila gerade mit ihrer Puppe Ana im Wohnzimmer spielte und ihre Eltern gemeinsam beim Tisch saßen. Plötzlich bemerkte Mila, dass sich die Stimmung im Raum änderte. Es fühlte sich an, als würde sich ein dunkler Schleier über das Haus legen. Sie tat so, als würde sie es nicht bemerken, doch als ihr Vater das Radio lauter stellte, wusste sie, dass sie sich nicht getäuscht hatte. Sie hörte nur ein paar Wortfetzen, wie „Angriff", „Bedrohung" und „Krieg". Mila hatte das Wort „Krieg" schon einmal von ihrem Opa gehört. Dieser hatte ihr erklärt, dass sich bei einem Krieg meistens zwei Länder so stark streiten, dass sie ihre Unstimmigkeiten mit Worten nicht mehr lösen können und dann zu Waffen greifen.
Die Leidtragenden sind dann immer die Menschen und deren Familien, die in den Krieg ziehen müssen.
Aleks und Natascha warfen sich einen vielsagenden Blick zu und stellten das Radio aus.

„Mila, wir möchten gerne etwas mit dir besprechen.", sagte Aleks zu seiner Tochter. Mila, die bereits ahnte, dass es sich um nichts Gutes handeln konnte, versuchte so zu tun, als ob sie ihren Vater nicht hören könne. „Mila, komm bitte zu uns. Es gibt etwas Wichtiges, das wir dir sagen müssen!"
Mila merkte, dass sie sich nicht aus der Situation schummeln konnte und ging zu ihren Eltern.
Diese erklärten ihr, dass sie in ihrem Haus nicht mehr sicher waren. Sie hatten gerade aus dem Radio erfahren, dass es einen Krieg gibt und dass Mila und ihre Mutter Natascha schnell in ein anderes Land flüchten müssen. Dafür sollte Mila nur das Nötigste einpacken, damit ihr Gepäck bei ihrer Reise nicht zu schwer werden würde.
Mila konnte das nicht verstehen. Wieso sollten sie hier nicht mehr sicher sein?
Ihre Eltern waren doch bei ihr, um sie zu beschützen!
Wieso sollte sie nun allein mit ihrer Mama in ein anderes Land flüchten? Sie wollte nicht weg, sie fühlte sich doch wohl hier! Und sie wollte auf keinen Fall ihren Papa verlassen! Was hatte das alles zu bedeuten?

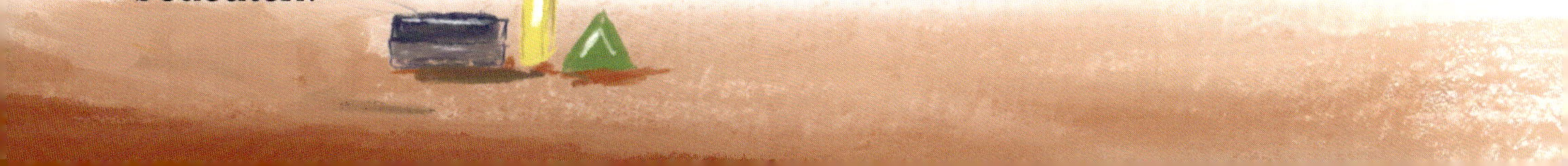

Mila setzte sich auf den Boden und überlegte gemeinsam mit Ana, was sie mitnehmen sollte. Sie nahm ihren kleinen roten Koffer mit den weißen Punkten und packte ihre wichtigsten Sachen hinein. Eigentlich waren für sie all ihre Sachen wichtig, denn sie konnte zu allen Gegenständen eine Geschichte erzählen, oder hatte eine besondere Erinnerung dazu. Wie sollte sie denn jetzt entscheiden, was für sie so bedeutsam war, dass sie es nicht zurücklassen konnte?

Mila überlegte eine Weile und packte dann ihre Puppe und deren Babyflasche, einen roten Buntstift mit einem Block, eine Kuscheldecke und das gemeinsame Foto von ihrem Papa in den Koffer. Danach nahm sie ein buntes Regenbogenarmband vom Regal und betrachtete es lange.
Sie lächelte, denn das Armband erinnerte sie an einen gemeinsamen Urlaub, den sie mit ihren Eltern gemacht hatte. Damals wollte sie unbedingt ein zweites Armband mitnehmen, falls ihres, das sie jeden Tag trug, verloren ging.
Mila schmunzelte. Sie stellte sich vor, dass ihr das Band viel Mut verleihen könnte. Der Gedanke machte ihr Hoffnung.

Noch am selben Abend beluden die Eltern das Auto, während Mila noch ein letztes Mal im Garten auf ihrer Schaukel saß.
Mila hielt Ana fest im Arm und beobachtete das hektische Treiben.
Die Gespräche zwischen ihren Eltern wirkten zwar ruhig, dennoch spürte Mila die Angst, die beide hatten.
Mila selbst gingen ganz viele Gedanken durch den Kopf, sie traute sich aber nicht, ihre Eltern zu unterbrechen und mit ihrer eigenen Angst zu belasten.

Nachdem alles im Auto verstaut war, brachte Milas Papa ihre Mama und sie zum Bahnhof nach Kiew. Ihre Eltern waren ganz still und redeten kein Wort. Auch das Radio blieb stumm.
Die Stimmung im Auto war sehr bedrückt und Mila erinnerte sich daran, dass sie dieses Gefühl schon einmal hatte.
Das war der Tag, als sie erfahren musste, dass ihre Oma gestorben war. Genau dieses Gefühl spürte sie auch jetzt gerade. Ihr Magen krampfte sich zusammen und ihr Herz schlug schneller.

Am Bahnhof musste sich Mila von ihrem Papa verabschieden.
Von dort aus sollte ihre Reise allein weitergehen, da sich Aleks dazu entschlossen hatte, sein Land, gemeinsam mit tausend anderen Männern zu verteidigen.
Mila kniete sich zu ihrem Koffer und holte das regenbogenfarbene Armband heraus.
Sie band es ihrem Papa um sein Handgelenk und sagte: „Ich hoffe auf eine bessere Welt! Bitte pass gut auf dich auf!"

Mila und ihre Mama drückten sich ganz fest an ihren Papa, genau so, als wollten sie ihn und diesen Augenblick für immer festhalten!

ВОКЗАЛ

Mila und ihre Mama stiegen mit vielen anderen Frauen und Kindern, die ebenfalls ihre Heimat verlassen mussten, in den Zug ein.
In einem Zugabteil fanden sie noch einen freien Platz. Mila kuschelte sich gemeinsam mit ihrer Puppe Ana an ihre Mama.
Vor Erschöpfung und Anstrengung schlief sie nach kurzer Zeit in ihren Armen ein.
Die Zugfahrt dauerte sehr lange und sie mussten zweimal in einen anderen Zug umsteigen.
Das Ziel ihrer Reise sollte Wien, die Hauptstadt von Österreich, sein.

Nach der Ankunft in Wien bemerkte Mila zum ersten Mal, dass sie Hunger hatte.
Bis jetzt hatte sie so viele Gedanken im Kopf, dass sie ihr Hungergefühl nicht wahrgenommen hatte.
Mila nahm ihren rot gepunkteten Koffer und klemmte sich Ana unter den Arm. Ihre Mama nahm ihren blauen Rucksack und die kleine Reisetasche.
Bevor sie aus dem Zug ausstiegen, sah sich ihre Mama noch einmal um, um zu überprüfen, dass sie nichts vergessen hatten.
Am Hauptbahnhof in Wien wurden sie in der großen Bahnhofshalle von vielen Menschen empfangen.
Manche von ihnen trugen roten Jacken. Sie waren von einer Hilfsorganisation und zeigten allen Angekommenen, wo sie etwas zu Essen und zu Trinken bekommen konnten.

Mila und ihre Mama wurden auf Ukrainisch von einer Frau namens Maria begrüßt.
Maria sah wie erschöpft und kraftlos Mila und ihre Mama waren und bot ihnen deshalb an, dass sie so lange bei ihr wohnen könnten, bis sie eine Wohnung gefunden hätten.
Natascha nahm dieses Angebot gerne an, da sie von der langen Reise sehr geschwächt und müde war und zur Ruhe kommen wollte.
Gemeinsam machten sie sich mit der Straßenbahn auf den Weg zu Marias Wohnung.

Wien Hauptb

Maria öffnete ihre Wohnungstüre und zeigte Mila ein kleines Zimmer, in dem sie mit ihrer Mama schlafen konnte.
Mila legte ihren Koffer auf das Bett und öffnete ihn.
Sie nahm das Foto von sich und ihrem Papa heraus und stellte es auf das Fensterbrett. Mit einem Finger strich sie vorsichtig über den Bilderrahmen.
„Wie es Papa jetzt wohl geht?“, dachte sie bei sich und schaute voller Hoffnung aus dem Fenster.
Ihr Armband leuchtete im Mondschein und in Gedanken wiederholte sie diesen einen Satz: „Ich hoffe auf eine bessere Welt!“

Vielleicht hast du aus dem Radio oder dem Fernsehen auch vom Krieg in der Ukraine gehört und dir schon viele Gedanken dazu gemacht. Wahrscheinlich ist dir auch aufgefallen, dass diese Geschichte kein richtiges Ende hat.
Das hat den Grund, dass der Krieg zum aktuellen Zeitpunkt noch nicht vorbei ist und ich dir deshalb auch nicht sagen kann, wie der Ausgang sein wird.

Hast du vielleicht eine Idee, wie die Geschichte weitergehen könnte? Wenn du gerne schreibst, zeichnest oder malst und mit mir deine Ideen teilen möchtest, freue ich mich, wenn du mir schreibst!
Ich veröffentliche deine Zusendung gerne auf meiner Homepage und im Internet!

DANKESCHÖN!

♥ Lieber Hase! Vielen Dank für deine Unterstützung und deinen Zuspruch zur Entstehung meines Buches! Danke, dass du immer hinter mir stehst und meine Entscheidungen mitträgst! In Liebe

♥ Liebes Schwesterherz! Danke für das oftmalige Lesen meines Buches! Bussi

♥ Liebe Virginia! Danke für die Zurverfügungstellung deines Liedes „Soldier". Kein Lied würde besser zu meinem Buch passen!

Ich wurde 1981 in Wien geboren.
In meiner Arbeit als Elementarpädagogin durfte ich viele Kinder und Familien mit Fluchterfahrung kennenlernen und begleiten.
Mit diesem Buch möchte ich Kindern, die ihre Heimat zurücklassen mussten ein Stück Hoffnung geben.

Im Buch findest du dein persönliches "Band der Hoffnung", das du als Zeichen für den Frieden als Armband tragen kannst.
Durch den Erwerb dieses Buches spendest du € 3.- an die Caritas.
Einen aktuellen Spendenstand findest du auf meiner Homepage:
www.MartinaJaritz.at

1.Auflage 2023

Verlag: Flobini Verlag
Thunhofgasse 10
1120 Wien
www.MartinaJaritz.at